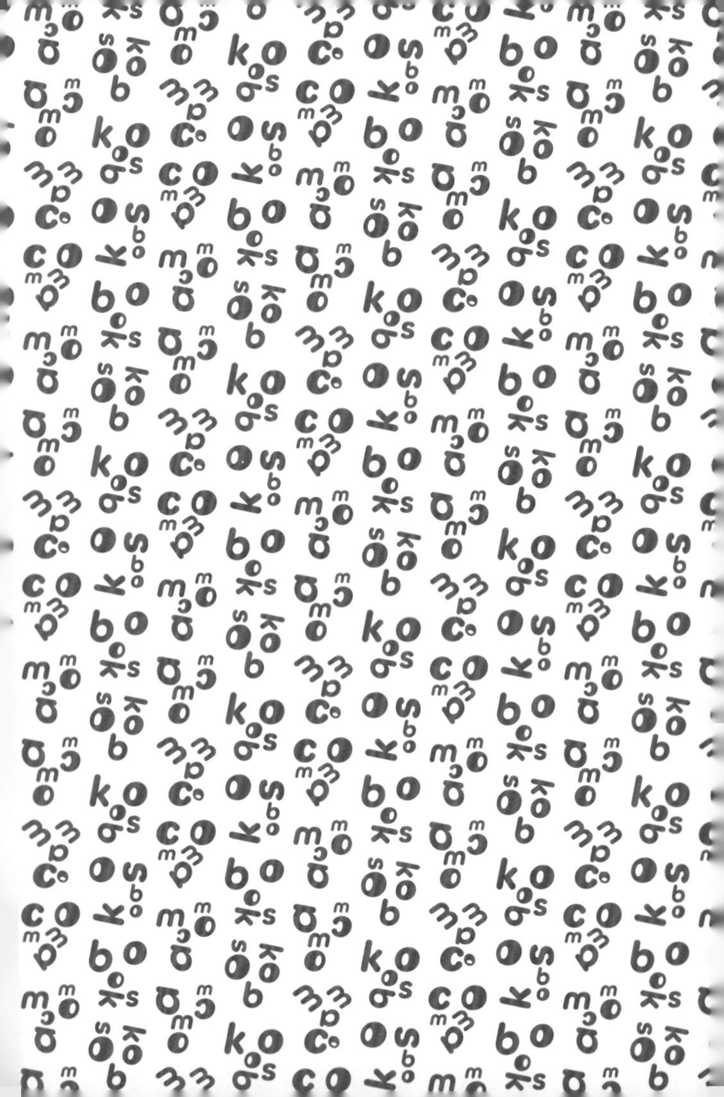

玩具鞘

鄭聿 著

作者簡介

鄭聿

高雄鳥松人。東華創英所畢業。曾獲臺北文學獎、林榮三文學獎等。詩作入選年度臺灣詩選、公車捷運詩文及《港澳臺八十後詩人選集》、《生活的證據：國民新詩讀本》。著有詩集《玩具刺》（《玩具刀》新版）、《玻璃》、《普通快樂》。

目次

#鋒利發電的

#靈魂出鞘的

#仍有餘燼的

#原地敲打的

#多重鑄造的

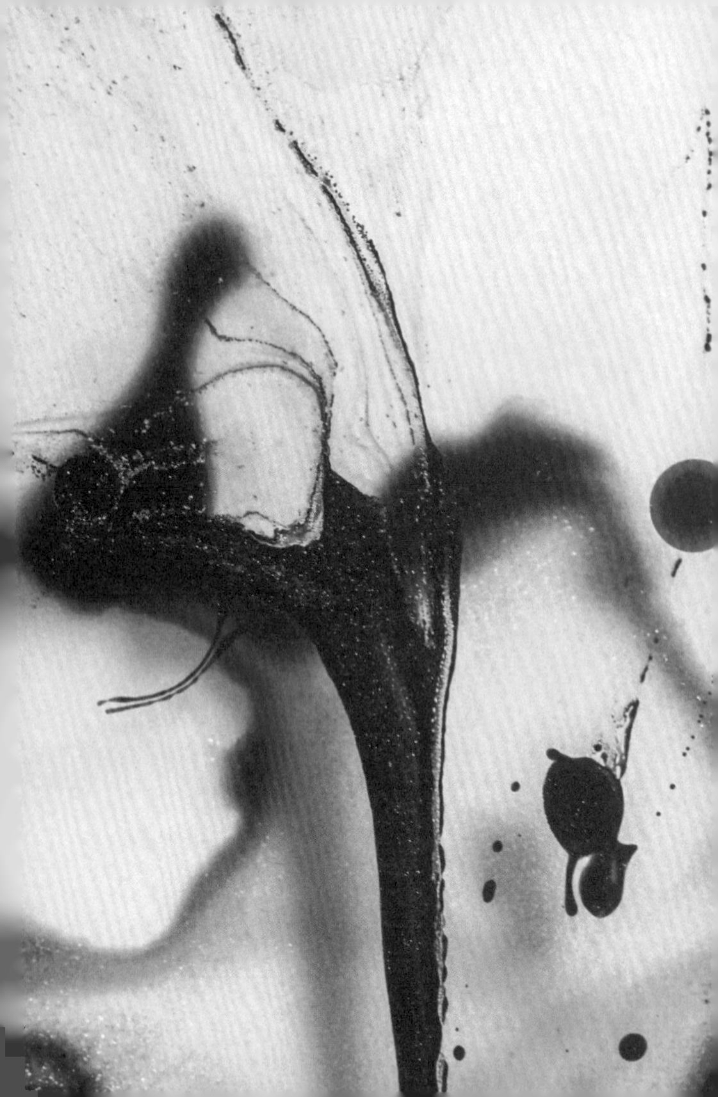

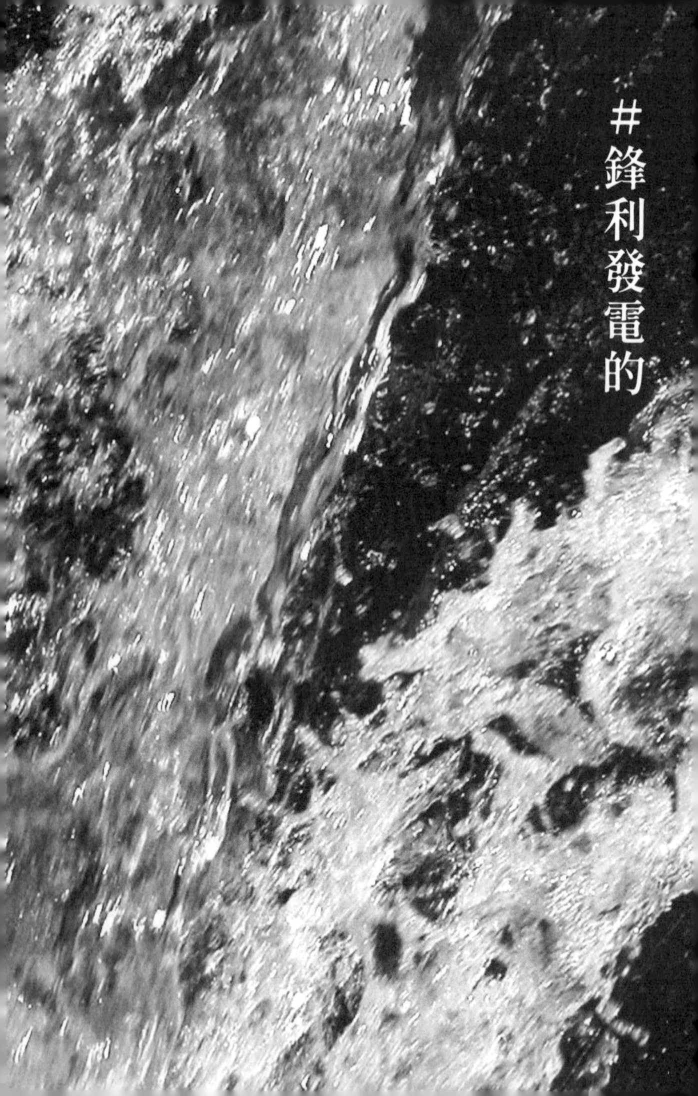
#鋒利發電的

觸電

如果我開始相信
渾濁的憂鬱
也能慢慢沉澱
夜空慢慢下著
漸大的雨
發出漸大的聲音
那可能是愛嗎
你觸碰了我
就像閃電打進我腹中
瞬逝的光而暗
那是餓

在線上

可能短暫，有些距離
但是越來越瑣碎
星座？翹了幾堂課？
又去游泳？宵夜？
遲到或晚睡？影子向上看
在無數的落葉中
尋找某一片
是喔，對啊，沒關係
傳首歌給對方聽願意
維持同一速度願意
等待幾分鐘
閃過億萬個念頭
簡單的對話宛若星光
和沉默組成的宇宙

我疑惑而他回答
他問；我幻想

剛滿二十一歲

當我寫完這首詩
你大概剛滿二十一歲
二十一歲的身體是空的
包容萬物，空的海洋

不太記得我的二十一歲
其實那前後幾年都一樣的前空翻
只為了心愛的人
飛騰千萬里
卻掉落在教室背古文中譯英
後空翻
找生命最初的起源
演化遺傳大夢初醒仍坐困教室
然而一生的筋骨也在那時使用過度了

空轉身軀，空的海洋
似乎一無所有又隱隱存在什麼
靈魂遍尋不著
動極思靜觀其變
領悟我的，二十一歲
二十一歲的春花秋月只是鏡花水月

只是暫時擱下這首詩
我得出去慢跑了
前後空翻一翻十載
耗盡了體力
此刻比較適合慢慢跑
慢慢圍繞，在繁星逆時針圍繞的小操場

今晚你大概也會慢跑吧
但願跑完後，你稍稍喘息
坐下來仍是一個等我跑完的年紀

民生路 4-18 號 B205

你寄來滿滿一大箱
都是我愛吃的餅乾
除了這裡的地址
還寫上「請勿重壓」

該回寄些什麼呢
問清楚你在的時間
倘若不在有沒有人代收件
然後仔細挑一個箱子
不限尺寸跟重量的

想像送貨員往你的城市
紅燈了，車停在路口
讓一群放學的孩童打鬧通過

邱比特憋住了午後的光
噴泉般的夕陽
送貨員迷失在兩旁門牌皆單數的房子
才想起原來到了林森路
而沒有林蔭夾道的民生
得轉個彎進校園

地址上，4那麼不祥
卻能夠被2整除，包括18
跟你相關的，都是偶數
送貨員望了望
學生宿舍有些燈亮了
B205 應該在二樓吧
二樓剛好是等待的高度

矩形寢室，一門一窗
輕盈的，草地灑水器
室友出去了，請勿重壓
B205 是一只空箱

接近晚餐，你不在家
B205 是一只空箱拆開
是交錯的路口讓人車潮通過
紛亂與喧囂；也可以密封
裝易碎的邱比特
其實我寄去的箱子也是空的
我知道，兩人生活
抱起來沉沉的是什麼
你知道，我還要什麼

無論如何，再麻煩你了
再麻煩你了

畫師

我嘗試畫一個天使
雙眼有神無邪以及
髮色肌理的層次
一道來自黑暗的光
如何畫在白布上

畫不出天使的質地
暫且畫間房，阻擋光進來
受到溫度濕氣的影響
似漸悟了什麼
漆著牆壁一遍又一遍
顧此失彼的一生無法表達
只好畫顆蘋果咬過在桌上
放兩張木椅，不，一張

位子是留給天使的
但畫一個你先坐著
太冷的時候添把火暖這間房
太過寂寥就將天窗打開
讓光降臨而你的身體
屬性未乾

畫師3

我努力調色
畫出這世界的天空
不是皺眉鬱結的那種，而是今日重重的挫敗
經過思量，應該再淺更淺一點的淡寶藍近乎白
或者添些微微的快樂
快樂是怡然飄過的鵝黃橘黃
候鳥飛往溫暖的南方
雲細膩柔軟飽滿
沉沉睡到下午雨來

重疊藍與黃可以混成各種綠
體會了深刻，就縱身躍下與樹交換一切
這是紮根千年只冒一片葉子的綠
若有輕盈的念頭

得來來回回走幾趟鬆一口氣享受大地如茵
看湍湍的自己一瞬間凝於冥思
覺得人生解渴至此
止如水

而你的濃烈像我永遠找尋著什麼
粉碎的閃爍的金
午後陽光，灑在身上
讓我茫茫醒來
望向某一點
直到你的輪廓出現

越想看清楚你
越目眩頭暈天黑

彷彿這個世界正在使另一個
癱瘓而你卻不知道我在哪裡
往下搜索的眼睛
集中且渙散，直到黑且白

為我洗髮

漸漸習慣的
有個人為我洗髮

起霧在浴室
漫及腿間
及胸口
及臉
且滲透了鏡子

我赤裸
他即將是

不一定需要
彼此觀看

閉上眼
感覺他十指穿過
我的髮絲如鳥飛入瀑布
瀑布只是流

水溢出浴缸
淹及他的腿間
他的胸口
他的臉

在睡前
有個人夜夜
為我洗髮
而我為他法喜

公園生活2

怎麼寫一首你能進入的
詩，彷彿進入清晨公園
晃動的無人鞦韆
偶爾盪出一個小孩

草地花木陽光
讓你忘了正在閱讀
散步慢跑上緩坡的意象
噴泉天使若有所思
而隱流般的音韻
就尿在水池

怎麼開始你與我
與詩的生活，不能

哀傷或晦澀如你的影子
也不能過於平凡日常
如你曾記得的那些

寫一首詩彷彿
公園的石椅當我坐下
已是老且深愛的年紀
同時你站起身來
彷彿一個小孩

小弱

幽微的

你告訴我
一些事
每天一些
貓越過了抱枕
撥弄著鍵盤，你說
貓想替你打字

螢幕那頭
光也是幽微的嗎
雖然我看不見
貓躡進你的體內
用小爪撥弄著什麼

你忽然環抱
牠一躍到床上
不太說話
把全身的黑白淡褐
舔成影子的色澤

可能你的枕邊
散落了幾根毛髮
你的，貓的
幾天前或多年後的
可能也有我的

未婚

相識以後你盼著窗外積雪
冬日小屋傳出拜爾的練習曲
鋼琴是一個人彈的
另一個在做什麼

你沒看過雪
而我無法表達
一顆鈕扣解開自你的白襯衫
忽然想到什麼乾脆要你脫下
我看過雪，我無法表達

該怎麼形容雪不只是潔白
你脫下襯衫覺得寒冷
寒冷，從你口中呼出

帶著微微的體溫

收到朋友寄給你的賀卡
祝我們新居快樂
冬日將盡的小屋
我們其中一個坐在鋼琴前
另一個沒做什麼只覺得
微微的快樂

快樂是無子嗣的
我們未婚生子

備註欄

終於輪到我們了
有些事情原本可以
卻不能證明，只好前來排隊
申請同一張表格我念你寫
我念的時候自以為正確
你說你寫的感覺
像散步
從出生地走到我新家住址的路程實在太遠
因此打這個電話
我沒接，快三十歲
信仰動搖的下午全神貫注聽
是不是有人喊我的名字呢此時
你填妥了資料
用一枚防鏽迴紋針固定

與眾生放在一起。外頭昏暗
我亂指星星該如何排列成星座
神祕的邏輯啊，你微笑不應
想想是我不夠成熟吧
天色還未深刻到足以辨識，或許
它們也習慣隱藏自己的編號
讓夜空無雲的備註欄
千言萬語，讓你念我寫

#靈魂出鞘的

表格

眾多的表格疊在一起
為了相同的理由
鎖在舊的大的
檔案鐵櫃裡
每一張的編號
1.像宇宙全數的總和
2.都是一樣的

我想修改我的表格
一生的性別
應該包括男與女
以及它。而職業
如果沒有工作意外的話
就等於我的姓名

至於出生年月日
那是我鍵入所有事物的
密碼，所以——噓。

婚姻狀態——噓。

身高跟體重——噓。

我想修改最初的資料
有些已經成為現實
有些值得偽造
他們遞出另一張全新的
3.要我重填

4. 只剩下時間的欄位

它

回答我吧
或提個問題

我卻感到冰冷
那是唯一跟它分開的時候
最裡面的想法
像石頭
無從發現它的缺口

而它的堅硬
對我一點影響也沒有

星期日

已接近末班了
我與疲憊的旅客
依次或凌亂的
退在警戒線之後
同一時間，人物，地點
昔在，今在，永在
氣溫趨冷
暗夜靜靜降臨
等待唯有的瞬間等待
發光的地鐵穿過——黑洞般的人

氣球生活

最初在我身旁的人事物
至今都有了變化，他們或許
明白無法再昇華
細微的裂縫
出現在許多地方；或許
也不如以往輕盈了
思考過於繁瑣
感受氣壓之重量
在我身旁的人事物
至今已十分罕見——浮雲
孤雁，與稀薄的氣流
雖然隱隱有一線繫著
雖然我尚未興起
降落的念頭

但是……在我身旁的
人事物，他們是否曾懷想
膨脹的自己，懷想真空的心
而向下俯瞰
逐漸縮小的城，河川
車潮和街道，逐漸成為地面的裂縫

衣櫃生活

我聽到火車經過的聲響
震動漸弱了已遠去了
黑暗中，最後一節車廂遺失在黑暗
像一節壁虎的斷尾
頭和昔日的身軀
都不會再回來

這裡長久無塵無雪
無墜落，也無蒸散或飄泊
一種比芳香體臭更永恆的味道
滲透著，我唯一專心的
只是呼與吸

持續的呼吸彷彿

慢慢進入沒有出口的隧道
以為將走得非常遙遠
遙遠的那天
白蟻啃蝕了壁
一點點縫隙的光
我當作神
遙遠的那天宛如飛來一隻螢火蟲
吸引整條河面的星月
留下夜的陰影
沉積水深處

而我未曾離開
始終聽到火車經過
漸強又漸弱的聲響

始終幻覺坐在有風的位子上
把頭和身軀都伸出了窗外

蛇行至七月

大霧起兮
穿梭曲折隧道
過去的鬼魂
請不要再跟來了
我也迷失在一神多神
忽快忽慢無法穩定
自己的速度
停車
數星星
宇宙間彷彿存有一種直線
可以曲折避開那些
密集的路燈

天使

我得到一個天使
尺寸略小，跟你一樣
有輕盈的薄翅膀
不知道能不能飛

摸索黑暗的時候
他眼睛夜光
注視我
釘著我使我空懸
宛若一顆星；我哭
破碎遙遠微弱仍有引力

我體內的磁性
剛好與他相反

不知道是誰製造
安全合格的天使
背後有一個發條。

貪口蛇

怎麼如今還待在捷運裡
眼神游移密閉的車廂
暗色玻璃，緩緩照出我的原型
有人坐下
又有人離開
時間倏忽溷過窗外

那位上班族的領帶像蛇信
吐出鮮紅的分叉線
幻想我的右手伸長伸長出去
穿透他的心臟他的意識
自他的信仰中
看見一個小孩

轉眼間小孩已在對面的博愛座上
「下一站永春站。」
祂很快就老化了
臉部皺紋隨車身的震動
越來越密集
祂的原型
是另一片玻璃

而旁邊的年輕少女
打扮超現實
按著手機
玩的遊戲是一條蛇
盤繞四周打轉只為了
吞掉一粒砂

捷運轟轟轟
鑽過今生的洞與洞與洞
一再抵達了來世
遊戲結束了
但那粒砂仍定時出現

列車長

他開始查票了
在完整的車票一角
剪出小孔

進入山洞之後
黑暗像一雙粗糲的手
摩擦火車
搖晃燈
按些指紋在窗上
我似乎變得更老
也更冷了
拿出外套披蓋
終於離開了山洞而黑暗
仍是一雙粗糲的手

卻戴著白手套

夢被輕輕運送
人們睡得海天一色
我異常清醒
其實更接近清明
遙遠的旅程已不太遙遠
那落日小孔緩緩墜海
消失了

晴朗的夜空
那麼完整無缺
火車突然停了下來
在廢棄的小站

沒有時刻表似的
起了大霧

接線生

他只能回答
卻不能表示疑惑
總是這樣的
總是這樣

一長串的號碼
像很多很多重要的什麼加總起來
又減去一些無相關的
總是這樣
無差別的
每一個問題
每一個深夜

沒人打電話進來

他沉默點菸
瀰漫的，焦慮的，總是這樣的
輕易就引出了片刻消散的世界

這樣的世界是他捻斷一根
又燃起一根的壞習慣
讓他的聲音
越來越沙啞

#仍有餘燼的

當時

不復記得夢過什麼
廣播裡，有個人在說話
他預測了各地的天氣
和星座運勢：
今日多雲到晴
今日多桃花
今日⋯⋯把音量轉小
只為了聽清楚
那麼微弱的當時

當時的你正唱著什麼
歌聲是月光若有似無
月光是聽不見的
遙遠與茫然

鐵匠

本是可以鎔鑄的
火的意志
敲打鐵的意志

我們多少含有金屬的成分吧
不可燃燒的
卻足以導熱的
停電夜晚
我反射當你微微發光
你走向我同時我走向你
使兩端的距離彎曲
也有彎曲至斷裂時刻
不可延展的

我與你的意志
我只記得一再敲打鐵的
鐵的肉體不可脆弱
鐵的不可生鏽

屬於時間的問題
重生重滅在火裡
屬於我的
我執著敲打
敲打使之變形
使我不可抑止
哭也會使我生鏽

我很好

五月很熱很熱
下午的雨都是短暫的
郵差往往不來

我很好
每天吃飯
洗澡後記得關上瓦斯
記得關客廳的燈
用毛巾擦乾頭髮
寫信用鉛筆
寫給你的信不會寄出去
一邊大聲唸書
一邊把腳倒放在牆壁
這樣可以健身，有人說

這樣小腿的肉
會變瘦
會經過心臟經過嘴巴
沉澱到腦袋
在沖積平原上
舊的記憶慢慢腐化
新的生機
都興奮勃發

很好很好
睡前刻意不喝水
不需要音樂催眠
拔掉電話線
打開窗

設定二十個鬧鐘
明天按時醒來
明天會出門

我很好很好
天氣很好
你一定全都知道

變數

變冷了，但是不能勉強
房間，校園，籃球場
步道斜坡，文學院
又獨自走回房間，變慢了
但是不能流淚
洗髮，沐浴，沖了水
幾朵雲消失於手中
霧氣渙散
在有無之際
牆壁漸漸變透明了，東西凌亂
但是不能移動，多少光年
多年的習慣
斜躺著看天花板
變亮了，虛宿，危宿

與天淵同時出現但是不能
連在一起，頭痛，飢餓
活著，當你忘記我
變暗了，變得更遠了
我就會變成你的星座
但是不能

在秋天醒來

最近都記得
你還沒睡

有些事情
在岩石裡
常常撫摸石頭的表面
也不可能知道的

時鐘似乎慢了
半夜醒後
覺得更慢了
分針秒針連成直線
宛如一條長廊向我延伸
卻沒人走過來

轉折

想記得的那個人
遲遲不曾出現
又這樣了整夜聽相同的旋律
而夢而醒
而漸暗
宛若什麼在四周繞行
向內壓縮，約束著光

我在哪裡
又昏睡或死去了嗎
手指垂落地面
意識滲到樓下的房間
似乎有另一個我
正做著一件我無法記得的事情

夜七星潭

滿地鵝卵石
撿起一或兩顆
想擊中什麼
漆黑的消失的海

一些光
觸碰了水
越來越渺茫
應該還有別的
不斷流逝著

一些光
因為夜太深
而被中和了

只剩下我；或許你
也有星星的血統

已婚

冰塊融化的清晨
陽光從百葉窗探進來
正好是鳥的形狀
再進來一點點
跳到枕頭上
嘈雜同時溫暖
似乎夢見你說話了

牠有些剛結婚的喜悅
而枕頭陰冷的
再進來一點
親吻我的額頭
我忽然驚醒同時暈眩
像一隻烏鴉
啄傷了陽光

星期二

你相信星座嗎？今日運勢說
一定會認識新的朋友，可是
無法確知對方真正的感受
因為矜持，因為幻想而疲倦
建議我多出去走走，看看草地
花水木，太陽與月亮的運行
金星的堅毅，火星的熱情，看看
他人如何旁觀如何節制，可是
下週運勢說，我可能變成另一個
我，健康指數低，心情大起落
也預測小破財且一時小衝動
一件計畫急著完成，千萬不要
不要強求。從過去分裂至今
彼此的宇宙仍爆炸和撞擊，我和你

都躲在各自的黑洞。你相信星座？
或只相信我？占星師預言了星期二
一定會認識新的朋友，下週
也有星期二，無數個下週
認識無數個新朋友，可是
永遠無法確知對方的感受

他

他在我裡面雕刻
我會痛

偶爾他探出頭
問是不是停電了
「我在想事情。」
他瑟縮回去

在很深的地方
雕刻自己的樣子
「他長得像……」
我老想著這些。

每日每日的照鏡

我的臉越來越像另一個人
問他是不是快完成了
「我在想事情。」
而痛
隱隱著

偶爾有人經過
也會問我是不是
停電了

#原地敲打的

窗台

麻雀站在窗台上
五臟雖小的身影
我初醒的房間是光
的萬分之一亮度

袈裟之鳥啊
每日練習輕與重
練習啄
隔著玻璃
我練習如何一次
就抓住他之頓悟

一日

不那麼哀傷或許
也感到勉強與喜悅
一天一天都過去了
像是石頭底下壓著什麼

每日清晨
第一步觸及地面
皆湧出泉水而室內越來越亮
瀰漫的午後為了雕塑一件模糊的事情
久久停在某個姿勢

像祈禱

#
31

牆上的便條
找不到待辦的事情
找不到那首詩
詩的日期
燈開
燈又滅
手機沒響
覺得冷
關窗覺得悶
壁虎般的呼吸
莫非，唉，可是
像螞蟻
聽
水費電費慢慢增加了

且遙想沉重的行星
能否自轉
看一隻小蠅
如何繞來繞去

趨光性

忽然覺得有一點
空曠，但侷促，應該專心
每次只做一件事情
開門或關
照鏡子且走進去
看唯一的月看億萬之一的星——忽然地震了
搖晃，恐懼，蟲叫聲，小飛翔，哪種味道，愛
是黑暗，斷了電的宇宙
什麼會先亮起

黑暗的……

離開花蓮前的清早
我往市區，在台十一線上
右邊的山硬把木瓜溪擠出
海是乳房的形狀；左邊紙漿廠
廢煙焚燒著雲
一日之晨竟似黃昏
整個世界的空氣污染
而我也是可燃的嗎？下午的人潮
像關不緊的水龍頭一滴十滴萬頃
博愛街大雨，彎進節約街
十滴一滴忽停
衣服還濕著但身體已乾
獨自離開的前夕
最後一次想走走看看南濱

繁星碎石，撿起幾顆
試著擲向更遠且更準確
直到月垂下來，淡淡的暈啊
讓我靜靜地吸吮
黑暗的左邊
黑暗的右邊

公園生活

學習抵抗
或安於現況多年
我們並不在乎
入口處立了什麼新規定
我們只是寂寞睡去冷漠醒來
跌跌撞撞攙扶欄杆
又走到這裡

晨間的霧
軟化了木椅
昨晚未竟的心事
坐著繼續完成
為報紙的新聞且歌且哭
也為花草莫名哀喜

種種僅止於眼見卻不曾體驗
空氣新鮮世界美好
有人原地早操
有人則終生移動

圍牆外，劣習如車流
與喧囂之惡。施工的午後
一再幻覺自鷹架上墜亡
健康步道開始出現坑洞
下雨了慢慢淹毀沙丘城市沙丘理想
必須繞行的缺陷
必須撐傘路過的慣性
當時下雨了淋濕了寂寞了
當時我們有癌

也擁有愛
偉大的典範
皆在此縮小尺寸
已不閃避，已不離棄
鴿子應聲飛散仍返回廣場
因信仰而棲息至今
唯有崇高的銅像永恆鑄立
無從傾塌無從敗壞的
這些年如此剛硬
這些年風箏漸漸遠去
我們且用強韌的意志拉住了天空
於茫然時刻

於有菌之地
嚮往無塵的生活
現實的觸鬚輕撫公園內部
我們有夢鯁著
徹夜尋找那個
咳吐自己的出口

有信

嗨，展信愉快
近來好嗎
上次見面是什麼時候
上次爭執不休的
那個質與量的問題
你仍在思索？

天氣預報晴
但房間終日大霧
瀰漫於我的生活
許久許久沒有你的消息
上個月整理舊物件
找到大夥的合照
部分被蟲蛀空了

竟想不起他們的臉
你能否記得
虛虛實實的這幾年
站在鏡頭外的
還剩下誰

從前沒有的
如今大概都有了
家庭和樂
以及種種智慧美德
偶爾因工作失眠
也是令人羨慕的
對了，你一定不知道吧
我們曾經住過的淹水地帶

已規劃為商業區
昔日的老家
變成招牌閃爍

且別擔心
我很好
平安健康
無所託無所求
只是沒什麼朋友
依然單身遠離其他人
其他的世界

四十歲了

四十歲了，收拾自己
計畫唯一的旅行
長途的四十歲以後
跋涉更高處
往下跳的念頭特別容易但是
在四十歲，不那麼衝動了
要走的路是不是
該輕輕走過

四十歲了，開一瓶酒
從不曾喝完過
擱在理想的常溫
慢慢蒸散至今才明白為了你
變成另一個人也沒關係，在四十歲

小酌未婚，有些收入
可有可無信仰，睡眠與晚餐
一房一廳的，四十歲

四十歲以前
街上撐傘的人們
四十歲以後，雨
是微小的破碎
破碎的總和

門外

睡著了，宛若醒著

很容易忽冷忽熱不冷不熱吧
歲末的身體風濕小雪
霜降至人生幾次下樓遍尋不著
電視沒關
有人拜訪的暑月雨季
彷彿聽見紗門被輕敲輕推
想起什麼還未找到
又緩慢上樓

早醒的晨光疏鬆脆弱
大概是站著太久了
其實坐著也是

哼一首惦記的老歌
忘了有些日子不會只是站或坐著
也曾來來回回反反覆覆
而夢拐杖般

早醒是好的
還未找到還沒想起
似乎也是好的
那個人老是不定期來訪
但我應該可以
再等一會兒

葬禮

是啊天氣晴朗
雲是淺淺的灘
沒什麼浪
我海葬的日子

略感飢餓，鳥盤旋著
應該還有些花香
我希望它們
不全是純白的

圍繞在我身旁的人
都是午睡後才走過來
鐘聲很遠，仍聽得見
我的朋友家人

也包括你

很抱歉，讓你參加我的葬禮
幸好昨晚大雨停了
回去的小徑
沒有積水

人們談論的靈魂
彷彿我蒸散的水分
肉身塵埃
如夢中煙波

但願你記得
鳥是天空纖細毛髮

花是大地的體香
如果你的憂鬱揮發不去
記得海足以覆蓋一切
我將是你
最大的器官

經典

29歲生日

今天比昨夜更冷了
每個人都這麼說
關於談場戀愛啊是每年遞減的冬眠
或許某一刻驚醒
就再也睡不著
孤寒的季節
流行交換神祕的體熱
有人拋棄長的大的美麗的
只為了絕對恆溫
有人苦等待卻遲遲不能
而燃燒自己
喔，竟燃燒自己……

#多重鑄造的

善良的人

善良的人
每天開門出去
老是察覺自己
不在外面

偶爾遺忘
如何上下樓
只記得沿著扶手
一直轉彎
轉彎的時刻
善良的人
總試圖瞭解
無法善良的人
擔心過什麼

是否很快樂

善良的人
即將二十五歲了
還是經常夢到
以前的他經常
走在陰暗的地方
相識的人們
都不曉得他是

善良的人
身體健康
但眼神憂傷
有些事情太近

他沒有完成
有些漸漸遠離
像是背影

善良的人
每天準時回家
翻找鑰匙打開門
也發現自己
都不在裡面

小說家

他把第三人稱
換成我的時候
遇到了阻礙

他不是真正理解
我在想什麼
耗費大量的字數
只為了接近
屬於我的真相

甚至他開始質疑
自己是不是太年輕
而理所當然以為
跟我之間有一種

奇妙的連結

於是——

他揉掉紙團
丟中了垃圾桶
而晃動幾下
紙團在裡面悄悄
被舒展開：

天微微亮起
我坐了下來
以另一個角度
另一條時間線

重新敘述
一開始的深夜：
忽聽見有個人
獨自在打桌球

小心輕放

——給宜君

那個時候
世界仍在腹中

也想像過繁衍
每日的雲
連接著每日的幻覺
每日失神醒來無法確定
是否誕生在夢裡
永恆的大睡啊
有的片段
只是反覆在倒數
有的如此尋常

像血止住血

更早一些的死亡
已經完成了
更早一些
曾經進出自己
讓世界因此胎動

痛已漸漸遠離
彷彿有人輕輕搬移
又輕輕輕輕放下

插畫家

悶熱的午後
有通電話，他打來的
以卵擊石的語氣：

「告訴你喔我最近很衰
早上出門遛狗的時候
那隻根莖動物居然沿途尿尿
整個公園的植物大概都發新芽了
是春天到了嗎我要帶牠去結紮
兩人同行一人免費耶對了我想跟她分手
今天一定要有個結果是不是下雨了啊外面
我跟你說過嗎我打算去旅行
把自己旅掉要幫你帶東西回來嗎
啊你最近過得怎樣……」

我隨手拿一張房屋廣告單
在背後的空白畫線、圈叉與波浪
又畫一顆人頭
接一個扭曲的身體
頭與身體之間
留點空隙或許還能塞進去什麼
我畫不出來

幾道閃電，雷的轟隆
他繼續抱怨而我忽然想到
廣告單正反兩面
都跟他的生活
有一些關聯無法形容

魚販

如此完整
在木砧板上
刮去牠的硬鱗
色澤瞬間由亮變暗
光滑的身體
更容易腐敗

我想起一些痛苦的事情
牠的掙扎，曾有幾秒鐘
以為牠正在替我承受
一生當中幾場災難

挖除了內臟
魚腹肥美，無刺有卵

腥味不斷傳遞出
死與旺盛的訊息

總有一小塊肉
遺落在腳下
而我記得
牠最初的形狀
那麼像我的國家

散步

——讀孫維民

聽說你常散步
獨自散步
哼著熟悉的旋律
忘了幾句歌詞
偶爾腦袋出神
如一捲白紙
慢慢攤開
多線的蔭鬱路徑
選擇其中之一可能就是清早
走過的這條。而我也是。

或許你不怎麼出門

只是倚窗寫寫散步
陽台的盆栽
生長嫩綠的小徑
麻雀飛繞，停在詩裡
巷口的車迴轉，更窄更深
找尋輕微的聲響，一行一行
午後陣雨，短暫入神
你懷念起一點一滴
遺傳父親的事物
而我也是。

或許久久恍神
沒有足跡線索
才想到散步；散步

看看天空與地面平衡的樣子
公車，孩童，水池，孩童
不知傷亡何時至此
白雲是麒麟的樣子
另一朵像蒼蠅
散步散步，唯心唯物
過了一整個下午，雲變成
蒼蠅衝進麒麟口中的樣子

渾濁的天色更暗了
你不再出門
等待最後有個人
即將散步到這裡
自一條不曾選擇過的

大路；漫漫的工作日
聽說他快來了，使你寫下
無數失眠的句子
關於安息日的

而我仍舊是
深睡夢遊，晨起散步
都是雲生老病變的樣子
看見光，卻畏光
知道了神，卻不斷疑神
一再聽見有人喊我的名字
而我早已無所謂是
無所謂不是

顧城讀詩會

朋友和我組了讀詩會
討論過的作品都充滿爭議
窗外聚集了黑眼睛
今晚，我們讀顧城

上個月早寄出了邀請函
但他有事不能來
我們圍坐成一圈
空一把椅子象徵他在

最近出版的詩刊
都沒收錄他的
對照生卒的年表
這陣子他大概回家去了

沒讀過的朋友
本以為顧城是地名
能夠從高處俯瞰
以為《顧城詩選》
是一群人的地方詩選

後來我把那晚的紀錄
印一份寄去
他很快回了信
說下次如果不能來
我們其中一個可以替代他

後記

這本詩集，其實有三個版本。

第二版叫《玩具刀》，是我的第一本詩集。記得二零一零年八月出版的時候，內心不怎麼踏實，剛進入出版社當編輯，那也是我人生的第一份工作，對群體的運作跟個人的理解都很初階，同時累積多年的詩作終於集結成書，有一種把草稿拿去廟裡過爐的熏眼感，面前滿是神奇的煙霧。那一年，可說是一次升級成作者跟編輯兩種社會身分。

真正的第一版，是我在東華創英所的畢業作品《表格與備註》。我從辛波絲卡的〈寫履歷表〉得到啟發，遂以表格欄位的概念作為章節主軸，交織出眾生相。當年的摘要是這麼寫的：

「起初的構想是《身分證》，後來覺得《表格》的選項可以容納更多，無限擴充。如此，姓名跟職業就在其中，也延伸了其他的項目例如性別、出生日期、年齡、婚姻。之後再增《備註》一欄，作為人生的補述；這是經。至於緯，我想談及愛情親情、生命與死亡、信仰、小我大我。」

指導老師林惠玲為人寬容，對我交出去的詩鼓勵居多。唯有幾首，跟老師討論過後，一時之間無從改起，所幸這樣的編排方式，也利於我抽換增補。如今回想，一邊修課一邊創作的那段日子，真是此生少見的琥珀時光。雖然花蓮時不時有地震、雖然茫然於未來的方向，但我從老師們、同輩間獲得了許多養分跟能量，而待在壽豐偏鄉的學生套房裡，即便作息顛倒、不常出門，卻也給了我山海般的靈感。

第三版，就是你們現在看到的新版《玩具刀》——為了區別而改名的《玩具鞘》。

《表格與備註》跟《玩具刀》的編排跟選詩有大半出入，到了《玩具鞘》，一開始我便決定順應本性大幅調整，改不動的就刪，以至於一口氣刪掉了二十一首。其中幾首不合時宜的，也讓我略感遲疑，例如〈接線生〉、〈貪□蛇〉，或是〈列車長〉裡寫的「他開始查票了／在完整的車票一角／剪出小孔」，現今也大多改成數位查票或電子票券；另一種不合時宜，是對我自己說的：怎麼會在二十幾歲，卻預先寫出〈四十歲了〉這類詩？

此刻的我早超過了四十歲，青春年少所觸及的鋒利或鈍感之事，在改詩當下，已經不再是傷人自傷的提問，而是收刀入鞘似的轉念：倘若不拔出來將如何？刀在鞘中，是無常變化。刀不在鞘中，是空性智慧；以某個角度來看，也算是薛丁格的刀吧。所以，更需要隨時覺知跟警醒，就像明就仁波切引藏人的一個說法：「讓見地保持如虛空般廣大，讓行持始終如麵粉般細微。」

前陣子全台發生了大地震，各處搖晃，尤其是震央花蓮。我十分想回到花蓮讀書的那四年，以及那個專心創作的琥珀時光。十幾年過去了，現實與精神世界的餘震頻仍，幸好我還在寫，還能思考，更珍惜第一本詩集再版的緣分。這一回，我跟夏民的想法不謀而合，希望展現出接近裏人格的純粹樣貌，因此沒有放任何推薦——感謝當初《玩具刀》每一位推薦人、鯨向海那篇珍貴的序以及詩集的設計師金喵。

完成刪改後，我把剩下的四十九首重新排序、重擬章節，期待新的生命序列，帶來不同的機會與命運。

以上，即是這本詩集的前世今生。

我明白無論重生幾次、做了多少嘗試，箇中差異，往往只有自己最在意，像是日劇《重啟人生》，主角為了改變未來，寧願再活一遍又一遍，這樣默默搬移生活的細節，卻無人知曉。然而每一次重生，都是強化自己的願力。我深深相信人生是一場遊戲體驗，經常分合，難免得失，既然無法親自按下重置鍵，那麼，就創造一個可以重啟的事物。一如這本詩集。

2024.4.26 永和

言寺 97

玩具鞘

作　　者　鄭聿
編　　輯　陳夏民
書籍設計　陳昭淵

出　　版　comma books
　　　　　地址｜桃園市 330 中央街 11 巷 4-1 號
　　　　　網站｜www.commabooks.com.tw
　　　　　電話｜03-335-9366
總 經 銷　知己圖書股份有限公司
地　　址　台北公司｜台北市 106 大安區辛亥路一段 30 號 9 樓
　　　　　電話｜02-2367-2044
　　　　　傳真｜02-2363-5741
　　　　　台中公司｜台中市 407 工業區 30 路 1 號
　　　　　電話｜04-2359-5819
　　　　　傳真｜04-2359-5493

製　　版　軒承彩色印刷製版有限公司
印　　刷　通南彩色印刷有限公司
裝　　訂　智盛裝訂股份有限公司
倉　　儲　書林出版有限公司
電子書總經銷　聯合線上股份有限公司

《玩具刀》出版時間 2010 年 8 月 30 日
《玩具鞘》出版時間 2025 年 3 月 1 日

I S B N　978-626-7606-10-0
定　　價　新台幣 350 元

國家圖書館出版品預行編目 (CIP) 資料｜玩具鞘 / 鄭聿著_初版_桃園市：
逗點文創結社｜2025.3_208 面 _10.5× 14.5cm （言寺 97）｜
ISBN 978-626-7606-10-0(平裝)｜863.51｜113020669

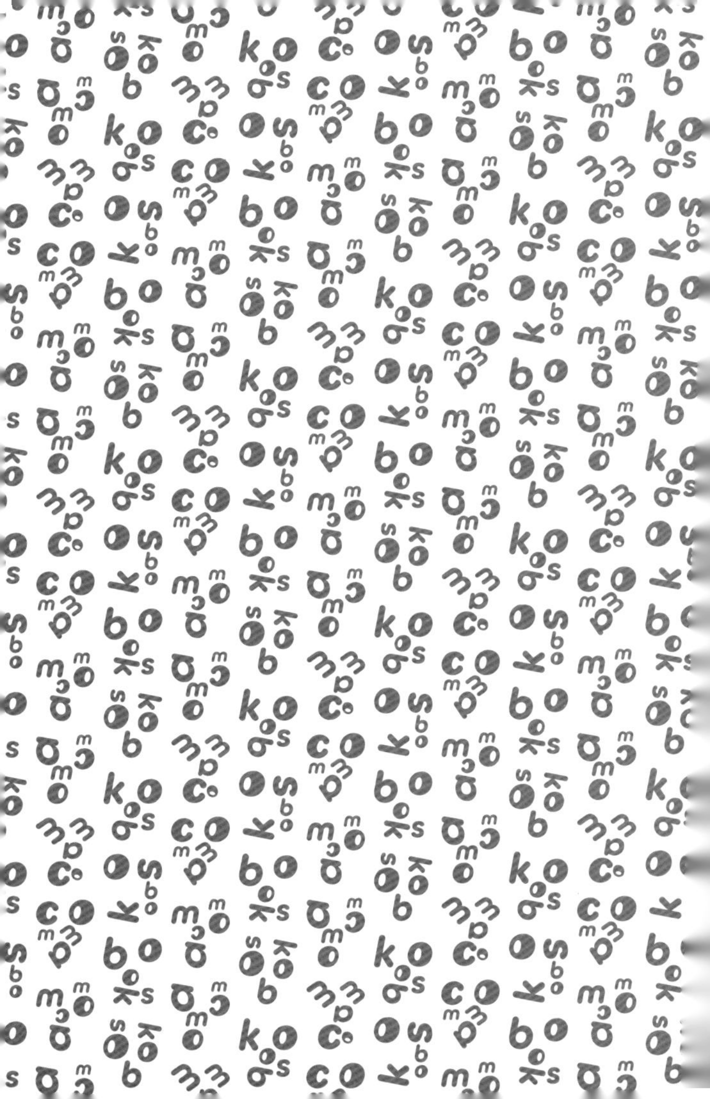

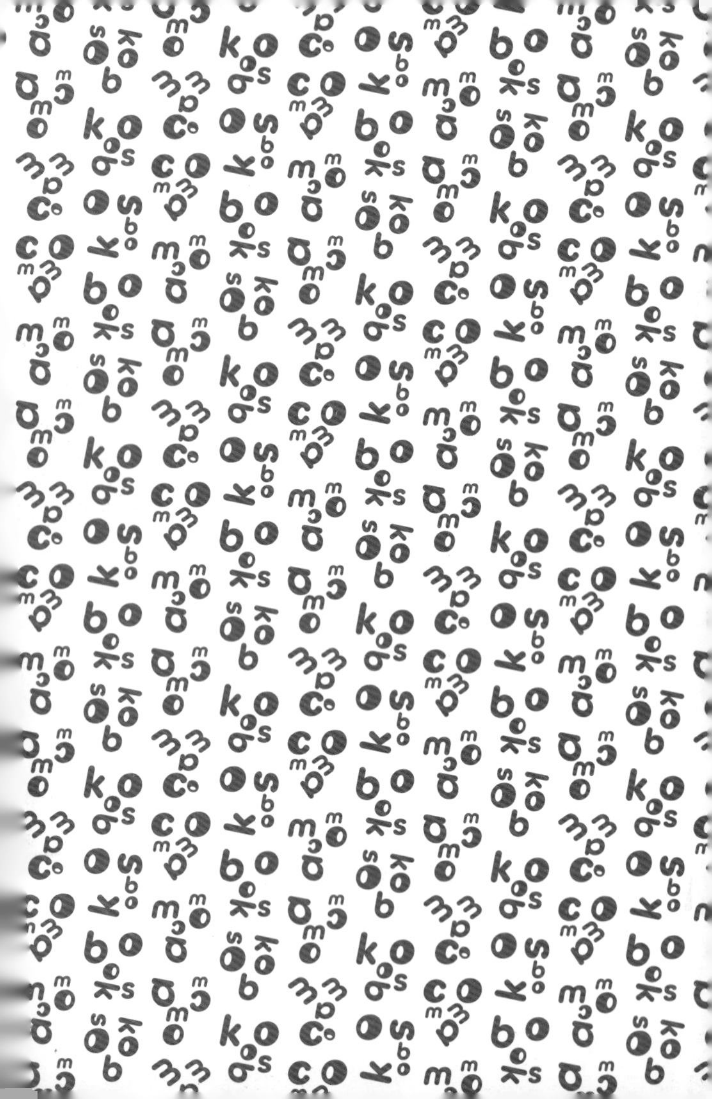